madri

EL ORIGEN

madriZ

EL ORIGEN

© 2019 DAVID MÉNDEZ PRIETO.
TODOS LOS DERECHOS RESERVADOS.

+ info :DDJBOOKS.COM

Prólogo

Todo comenzó un domingo cualquiera. Llovía ligeramente sobre Madrid y la gente inundaba las calles del centro. Paseantes, compradores compulsivos, adolescentes, todos abrigados y armados con sus paraguas. Una parejita andaba despacio por la calle Montera. La tarde se estaba empezando a poner ciertamente desapacible y trataban de decidir qué hacer.

–Lo mejor será que nos metamos en el cine…

–La verdad, Roberto, no me apetece mucho.

—¡Vamos, cariño! ¡Mira qué tiempo hace! ¿Qué quieres que hagamos?

Sara miró directamente a los intensamente azules ojos de su novio.

—Pues, se me ocurre que podríamos entrar a una cafetería y hablar tranquilamente, creo que lo necesitamos.

—Estoy un poco cansado de hablar. Llevo toda la puta semana trabajando y me gustaría relajarme un poco y pasar un buen rato. No creo que sea tan difícil de entender.

—No estamos bien —dijo Sara—. Y lo sabes.

Roberto se pasó la mano derecha por el cabello tratando de tranquilizarse. Estaba bastante cabreado. Ella siempre conseguía fastidiarle el fin de semana.

—Yo me voy a ver una peli, tú haz lo que quieras. Quédate con el maldito paraguas, no me importa mojarme.

Sara le vio alejarse y siguió andando en dirección contraria. No iba a darle la satisfacción de seguirle. No le necesitaba. Los últimos meses habían sido horribles. Los problemas económicos habían hecho mucho daño a su relación, eso era innegable. Se detuvo y se giró. Roberto estaba parado frente a la taquilla de los cines mirando los horarios. Le quería. Seguía enamorada de ese cabrón tan atractivo. Sonrió, no estaría tan mal ver una buena película juntitos en la oscuridad. Avanzó hacia allí esquivando a una chica parada en medio de la calle. Seguramente sería una prostituta. Llevaba bastante poca ropa para la escasa temperatura. Apenas unos pantalones y una camiseta ajustada al cuerpo. Al pasar justo a su lado la agarró por el brazo. Sara se sobresaltó. Notó una humedad tibia en aquella mano. No estaba mojada de agua de lluvia, era algo más caliente y viscoso.

–Ayúdame… –murmuró la joven.

Sara trató de soltarse, pero la chica la agarraba tan fuerte que le fue imposible. Un líquido rojo empezó a manchar su bonita chaqueta blanca. La mujer estaba sangrando. Con una mano la sujetaba y con la otra se agarraba el cuello del que manaba la sangre abundantemente.

–Por… fa… vor…

–¡Dios mío! –exclamó Sara.

La gente pasaba junto a ellas. La calle estaba llena de personas, pero nadie parecía darse cuenta de nada. Ni siquiera las miraban. Reaccionando al fin, Sara ayudó a la muchacha y casi la arrastró hasta un banco. Se sentó junto a ella intentando ver la gravedad de la herida. La sangre había inundado la camiseta de la mujer y seguía cayendo.

—Tienes que apartar la mano, tienes que dejarme que vea la herida.

La chica parecía no comprender, probablemente fuera extranjera y no entendiera bien el idioma. Se estaba desangrando, tenía los ojos casi cerrados y estaba empezando a temblar convulsivamente. Sara se puso en pie y gritó pidiendo ayuda. Chilló tan alto como pudo. El viento arrastró sus desesperadas palabras, pero nadie se paró. Nadie se acercó para ayudarlas. Eran dos personas invisibles y solas entre la multitud. Aquella desdichada estaba a punto de morir sin que a nadie pareciera importarle.

—¡Ayúdenme! ¡Por favor! ¡Esta mujer necesita un médico!

Una anciana se paró un instante al escuchar los gritos. Iba vestida de negro y llevaba un inmenso paraguas azul. Las miró y de inmediato continuó su camino. Las lágrimas empezaron a correr por el rostro de Sara mientras la desesperación se apoderaba de ella.

–Sara…

Roberto estaba junto a ella. Su rostro reflejaba confusión y preocupación.

–Sara, te he oído gritar, ¡sabía que era tu voz! ¿Qué te pasa? ¿Y esa… sangre…? ¿Estás herida? ¡Dime algo, por el amor de Dios!

–Estoy… estoy bien. Esta chica está herida, tenemos que ayudarla, ayúdala por favor.

Roberto se agachó rápidamente junto a la muchacha. Ésta casi se había tendido sobre el banco. Tenía los ojos cerrados y las manos colgando a ambos lados del cuerpo. La lluvia empezó a caer con más fuerza cuando le comprobó el pulso. La herida del cuello era terrible. Parecía que la habían mordido desgarrándole la yugular. Tejidos, tendones y nervios se mezclaban en una masa sanguinolenta. La gente, ahora sí, empezaba a arremolinarse con curiosidad alrededor. Sara comenzaba a sentirse mareada.

–Creo que está muerta –exclamó Roberto.

Una de las personas entre el gentío marco el número 112 en su móvil mientras otras preguntaban, tratando de enterarse de lo que sucedía. La chica abrió los ojos de repente y se incorporó de golpe. Su mirada no tenía ningún tipo de expresión, estaba vacía. Cogió por sorpresa a Roberto cuando se lanzó sobre él. Le mordió en el rostro y le desgarró la camisa. Sus manos parecían ahora las garras de un animal salvaje. Le arrancó el ojo izquierdo en un movimiento feroz. Lanzó una terrible dentellada sobre el cuello del hombre que yacía indefenso en el suelo. Los gritos y la confusión se desencadenaron en la calle mientras el intenso aguacero descargaba con fuerza. La gente echó a correr en todas direcciones aterrorizada. Un viejo estaba mordiendo con rabia a la señora vestida de negro y con paraguas azul mientras Sara estaba casi arrodillada en el suelo en evidente estado de shock. La chica seguía destrozando a Roberto y la sangre lo inundaba todo.

Capítulo 1

La sala de urgencias del Hospital 12 de Octubre estaba llena de gente. Los días festivos siempre parecían ser propicios para que las personas acudieran masivamente a los centros de salud. Seguía lloviendo en el exterior y un niño muy pequeño lloraba desconsoladamente en los brazos de su madre. Tenía la carita llena de pequeños granos rojos. Sara le miraba sin verle. Realmente no era consciente de lo que sucedía a su alrededor. Sus sentidos estaban totalmente paralizados, convulsionados por el horror vivido. Una enfermera la había reconocido y le había prestado un pantalón y una bata de color blanco para que pudiera quitarse la ropa llena de sangre, que ahora tenía en una bolsa a su lado. No tenía ninguna herida, ni siquiera un simple rasguño. Aunque le habían comentado que iba a reconocerla un psicólogo. No sabía nada de Roberto desde hacía más de una hora. Ni de él ni de la prostituta que le había atacado. Desde lo más profundo de su ser sabía que Roberto estaba muerto. Le había visto tirado en el suelo horriblemente mutilado. ¿Cómo era posible que aquella mujer le hubiera atacado de aquella manera?

–Sara Martín... –una voz femenina la sobresaltó.

–Sí, soy yo.

–Venga conmigo, por favor, el doctor la está esperando.

Acompañó a la enfermera por un largo pasillo blanco lleno de camillas. Se escuchaban algunos gritos de dolor e incluso llantos. El médico resultó ser un hombre joven bastante alto. Puede que en otro momento incluso le hubiera parecido atractivo.

–Sé lo que va a decirme… –murmuró Sara.

–Su novio ha fallecido. Hicimos todo lo que pudimos. Sus heridas eran muy graves. Lo siento mucho. Si puedo hacer algo que…

–¿Y ella…? –le interrumpió Sara–. ¿Y la mujer?

–Ella también ha muerto. Tenemos dos cadáveres más. Otra mujer y un anciano. No quiero agobiarla, Sara, pero la policía necesita interrogarla. Tenemos que saber qué ha sucedido.

–No lo sé.

–Va a verla un compañero y le dará algo para

que pueda tranquilizarse. La policía la estará esperando. Tenemos cuatro personas que han muerto en circunstancias extrañas. Todos presentaban mordeduras y desgarros que parecen provocados por animales salvajes. Y sin embargo no ha sido así.

—Esa chica mordió a Roberto —dijo Sara al borde del llanto—. Le atacó como una fiera. No parecía un ser humano. Estaba rabiosa. Y ese viejo estaba igual. Le vi morder a la señora. La chica tenía una herida espantosa en el cuello, se estaba desangrando. Roberto dijo que no tenía pulso, que estaba muerta.

—Vamos a hacerles la autopsia y a determinar qué ha sucedido. La policía científica va a analizar los cuerpos. Debe usted avisar a la familia de Roberto.

—Aquí en Madrid sólo vive su hermana. Sus padres viven en Bilbao. Ya la he avisado.

Una mujer entró en el pequeño cubículo habilitado como un despacho. Fea, delgaducha y con gafas.

—Sara —dijo el doctor—, ésta es la doctora Sánchez. Vaya ahora con ella. Estaré por aquí si necesita algo. Puede preguntar por Leo.

El joven médico la dejó a solas con la menuda mujer que le sonrió.

—Venga conmigo, por favor, estaremos más cómodas. Las urgencias son caóticas a estas horas. Lamento mucho lo que le ha sucedido. Sólo quiero escucharla.

—Quiero irme a casa. Estoy agotada.

—Hágame caso. Le hará bien hablar. Ha vivido una experiencia horrible. Le hemos pedido a la policía que nos dejara atenderla antes de ir a comisaría.

Agotada y angustiada, Sara y la psicóloga subieron unas escaleras hasta el segundo piso del edificio. Allí reinaba la tranquilidad. Le indicó un comodísimo sillón donde casi se hundió al sentarse. Cerró los ojos e intentó relajarse. Roberto estaba muerto. Le habían asesinado.

–Tómese esto…

Tragó sin protestar. Necesitaba algo que le permitiera evadirse de la realidad. El viejo, la mujer del paraguas, la prostituta, todos se mezclaban en su mente.

–Creo que voy a volverme loca –susurró.

Capítulo 2

Melania entró precipitadamente en el hospital y fue directamente a la ventanilla de información. Una mujer de aspecto bastante antipático la miró con aspecto de no tener ninguna gana de atenderla.

–Por favor, han traído a mi hermano a urgencias hace como dos horas.

–¿Nombre…? –la cortó secamente.

–Se llama Roberto, Roberto Blázquez.

–Está en urgencias. Pase a la sala y espere.

–Pero… ¿está bien?

–Yo no puedo darle esa información. Pase a la

sala y un médico le informará cuando pueda. Hay mucha gente por si no se ha dado cuenta.

Melania respiró hondo, se giró y fue hacia la atestada sala. Se paró de pronto y volvió a la ventanilla.

–Quiero hablar con un médico ahora mismo. Han atacado a mi hermano y…

–Ya le he dicho…

–¡Me da igual! ¡Me da exactamente igual, maldita hija de puta! ¡Quiero que muevas tu culo gordo y llames a un puto médico! ¿Me has entendido? –gritó Melania al límite de su paciencia.

La antipática reaccionó con asombro y como activada por un resorte descolgó un teléfono que tenía justo al lado. Apenas habló unos segundos en voz baja.

—El médico que ha atendido a su hermano está ocupado ahora mismo –dijo sin levantar la voz–. Me han informado de que la novia de su hermano está con una psicóloga en la segunda planta. Si quiere, puede subir por ese ascensor del fondo del pasillo. Es la consulta de la doctora Sánchez y…

Melania dejó con la palabra en la boca a la mujer y atravesó rápidamente el pasillo hasta el ascensor. Necesitaba saber algo. La llamada de Sara había sido muy confusa y apenas había entendido nada. Su hermano era una de las personas más importantes de su vida y no podía soportar más aquella incertidumbre. Presionó el botón de llamada y el ascensor se abrió sin hacer ruido. La chica dio un paso al frente y se quedó paralizada. Allí había un hombre. Estaba de espaldas con los brazos extendidos. Parecía sujetarse en la pared del ascensor. Su ropa estaba destrozada y llena de sangre reseca. El olor era insoportable. Melania pensó en ir hacia las escaleras, pero algo la detuvo. Había algo familiar en aquella persona.

–Disculpe… –dijo casi en un susurro–. ¿Se encuentra bien? ¿Puedo ayudarle?

No hubo contestación. Por unos segundos el silencio envolvió la escena. Entonces el hombre empezó a darse la vuelta lentamente. Parecía que era incapaz de mantener el equilibrio. Una de sus manos se lanzó hacia Melania tratando de agarrarla, pero la chica pudo apartarse a tiempo. Aun así, no huyó. No pudo escapar. Se quedó petrificada al contemplar la cara del hombre. Un rostro destrozado al que le faltaba un ojo y parte de la nariz.

–Roberto… –sólo pudo decir con voz entrecortada.

Las puertas del ascensor se cerraron de pronto atrapando el brazo de Roberto. Volvieron a abrirse al instante. El hombre saltó fuera con las mandíbulas casi desencajadas mostrando unos asquerosos dientes negros. Iba a atacarla. Melania salió corriendo sin dejar de mirar atrás. Aquello ya no era su hermano. No podía serlo. No quedaba nada de él en aquella criatura. Gritó pidiendo ayuda. Casi chocó con la mujer de la ventanilla en su alocada carrera.

–¿Qué está pasando? –le preguntó con voz severa–. Usted no puede armar este jaleo en un hospital…

–¡Cállese! Tenemos que irnos de aquí… –le rogó Melania.

Roberto cayó sobre ellas tirándolas al suelo. Antes de que la antipática pudiera enterarse de nada, el hombre le metió la mano en la boca y le arrancó la lengua. La sangre salpicó a Melania en la cara que se alejó arrastrándose mientras aquel ser desgarraba el torso de la otra mujer y esparcía sus órganos por el suelo. Algunas personas de la sala de urgencias contemplaron horrorizados la escena y muchos huyeron empujando a los demás enfermos a su paso. La mujer que tenía al niño con la cara llena de granos en brazos se levantó asustada. No era consciente de lo que estaba sucediendo en el pasillo apenas a unos metros de ella. Simplemente había notado que su hijo había dejado de moverse, parecía no respirar.

Los gritos alertaron a los médicos y

enfermeros. Leo estaba curando a una anciana cuando escuchó todo el jaleo. Gritos, golpes, ¿qué estaba pasando aquel domingo? Un colega entró en el box donde se encontraba con la perplejidad reflejada en el rostro.

—¿Qué demonios está pasando ahí fuera?

—No lo sé, Leo, pero ha pasado algo muy raro.

—Habla de una vez, ¿qué pasa?

—Los cuerpos que trajeron, los de calle Montera, ya no están.

—¡¿Cómo que no están?! —exclamó Leo.

—Han desaparecido del depósito. Cuando han venido los de la científica ya no estaban. Ninguno de ellos.

–No entiendo nada. ¿Y la policía?

–Están registrando el hospital. La chica ésa está todavía aquí, ¿no?

–Sí –respondió Leo–, pero no creo que Sara Martín tenga nada que ver. Está con la doctora Sánchez ahora mismo.

Una enfermera entró de pronto. Intentó decir algo mientras se ponía una mano en el pecho tratando de respirar. Dos estampidos se lo impidieron. Alguien había disparado dos veces. Leo se precipitó hacia la sala de espera de urgencias seguido de cerca por su compañero. Dos agentes de policía aún sostenían su arma entre las manos. A escasos metros de ellos un cuerpo yacía en el suelo. Más allá otra persona estaba tendida en un charco de sangre. Leo no lo dudó ni un instante y se dispuso a atender a los heridos. No comprendía nada de lo que estaba pasando, pero su deber era lo primero. Tenía que tratar de salvar la vida de aquellas personas y luego sería el momento de las preguntas. Algo le llamó la atención de pronto. Muy cerca de él, en el suelo entre las sillas, un niño muy pequeño con la carita llena de granos estaba tumbado sobre el cuerpo de una señora. Leo tuvo que ahogar un grito cuando se dio cuenta de que el pequeño estaba mordisqueando el rostro de la mujer.

Capítulo 3

Sara estaba terriblemente cansada. Apenas habían pasado unas horas desde que todo había sucedido, pero para ella había pasado una eternidad. Ya ni siquiera le quedaban lágrimas. Además, no acababa de entender la postura del agente de policía que la estaba interrogando. Casi la estaba tratando como si ella tuviera la culpa de algo. Otra agente tomaba notas a su lado en silencio. Quedaba claro que el hombre estaba dispuesto a seguir con el interrogatorio cuanto hiciera falta. Era calvo y estaba bastante sobrado de kilos. Se había presentado como el comisario García o algo así. El calor en la pequeña habitación era asfixiante. A pesar de la estación invernal y el mal tiempo, la calefacción estaba demasiado alta. Gotas de sudor perlaban la frente del gordo.

—Quiero que me lo cuente todo de nuevo desde el principio –dijo.

—Ya le he contado lo que sé.

—Pues hágalo otra vez, señorita Martín.

—No puedo más. Estoy agotada. Necesito que me dejen en paz –casi suplicó Sara.

—Y yo necesito saber qué mierda está pasando. Tengo un montón de cadáveres destrozados –gritó el comisario–. ¡Y la única persona que estaba allí es usted!

Sara se levantó de golpe y apoyó sus manos sobre la mesa volcando un bote de bolígrafos y un vaso de agua. Se encaró directamente con el hombre.

—¡Han asesinado a mi novio! —chilló al límite de la desesperación. Un hilillo de saliva le resbaló por la comisura de los labios. Las lágrimas corrieron por sus mejillas—. ¡No puedo más!

Se dio la vuelta para irse cuando notó cómo la vista se le nublaba. Los oídos se le taponaron. Sintió un fuerte dolor y el mundo se le vino abajo.

Capítulo 4

—Soy Marcos Montes.

Leo y la doctora Sánchez se quedaron mirando al impresionante hombre de casi dos metros de altura. El doctor incluso se sentía bajito a su lado. Rubio, cachas y con una barba de dos días, el señor Montes imponía bastante.

—Represento al Ministerio de Sanidad en este asunto. He venido con mi gente. Este servicio de urgencias queda clausurado hasta nueva orden. Todos los pacientes han sido derivados a otros hospitales. Nadie puede entrar ni salir sin mi autorización, ¿queda claro…?

—Pero… ¿Cómo se han enterado? —preguntó la psicóloga—. Nosotros no hemos avisado a nadie, todo ha sido muy rápido y ni siquiera sabemos qué está ocurriendo.

—La policía nos ha informado. Tanto de lo acontecido en la calle Montera como en este hospital. Estábamos en alerta.

—¿A qué se refiere? —preguntó Leo—. ¿Cómo que estaban en alerta?

—No tengo que darles más explicaciones. Sólo deben saber que estamos ante una situación realmente grave. El gobierno confía en su discreción y responsabilidad. Nada de lo que ha pasado debe hacerse público —exigió más que pidió el rubio.

—Nos pide colaboración, pero no piensa contarnos nada, ¿no? ¿Es eso...? —dijo la doctora Sánchez—. ¡Creo que debe contarnos qué coño está sucediendo aquí ahora mismo!

–Parece que ustedes no se han enterado aún de qué va todo esto.

Un par de militares uniformados aparecieron de pronto tras el hombre. Ambos estaban armados.

–Vigilen a los doctores con mucha atención y atiéndanles apropiadamente. Doctor, doctora –se volvió hacia ellos–, mientras dure esta crisis tienen ustedes prohibido abandonar este hospital. Mis hombres les traerán comida y todo lo que necesiten.

–¡Esto es absurdo! –exclamó Leo–. ¡No pueden retenernos!

El joven avanzó hacia la puerta, pero chocó literalmente con Marcos Montes. Fue como tropezar con una pared de ladrillos. El hombre agarró a Leo del cuello de la camisa y le lanzó sobre una camilla. Antes de que pudiera incorporarse, recibió un fuerte puñetazo en la boca del estómago que casi le dejó sin respiración. Uno de los militares le remató dejándole sin sentido con la culata de su fusil. La doctora Sánchez retrocedió asustada.

–Esto no es un juego, creo que ya lo ha comprobado –le dijo Marcos.

Un fuerte trueno resonó a lo lejos anticipando la inminente llegada de una tormenta. La lluvia empezó a golpear con fuerza las ventanas del hospital. La mujer fumaba un cigarrillo haciendo caso omiso a los letreros que lo prohibían. Las luces del techo parpadearon unos segundos. Parecía que esa noche el mundo iba a irse al infierno. El perfume de Marcos Montes se hizo presente en la desierta sala de espera delatando su presencia.

—Buenas noches, querida.

Flavia Etxegaray miró al atractivo hombre sin ningún tipo de emoción reflejada en su rostro. Su tez exageradamente blanca le daba una apariencia casi fantasmal.

—No veo qué tienen de buenas —dijo.

Marcos suspiró y le dio una patada a una lata de refresco vacía abandonada en el suelo.

—Hemos activado el protocolo de emergencia, Flavia. Estamos intentando contenerlo. Aún podemos hacerlo.

—Eso espero, Montes, eso espero. Mañana tendrás aquí a los máximos expertos de Estados Unidos, la Unión Europea e Israel.

Necesitamos todos los… cuerpos. ¿Los tienes? No quiero a ninguna de esas cosas rondando por ahí. Ya la hemos jodido bastante.

–Hemos logrado recuperar a todos. Algunos rondaban por el hospital. Los cuatro de la calle Montera más una madre y su hijo pequeño.

–¿Son los únicos casos?

–Por el momento sí.

–¿Habéis acabado con ellos?

–Sí. Mis hombres –respondió Marcos– han realizado correctamente la eliminación. La policía ya había disparado a uno. No volverán a levantarse.

–Por tu propio bien –dijo Flavia– confío en que

así sea. No quiero más fallos en esto.

—No los habrá.

—Sabes tan bien como yo que va a haber más casos, esto no ha acabado. Creo que la lluvia y el frío pueden hacer que todo vaya a peor –dijo ella–. Tenemos que hacer lo que sea. A la mínima duda de contagio, se eliminará al individuo. Nada debe trascender a la opinión pública. Haremos lo que sea necesario sin reparar en nada ni en nadie. Tengo la máxima autorización del presidente.

Flavia se encendió otro cigarro y se giró de nuevo hacia la ventana donde vio su reflejo en el cristal. Su larga melena negra conjuntaba perfectamente con su elegante traje de chaqueta rojo. Su frialdad no ocultaba su belleza.

—¿Y qué pasa con los médicos del hospital y

los testigos…? –preguntó el hombre.

–Mátalos… –contestó ella sin ningún tipo de sentimiento reflejado en su voz–. Ya deberían estar muertos...

Capítulo 5

La chica bajó del autobús y echó a correr por la calle mojada. No había parado de llover en toda la semana y los charcos, que anegaban las aceras, parecían peligrosos abismos a la luz de las insuficientes farolas. Ya era más de la medianoche y el barrio de La Moraleja a las afueras de Madrid estaba prácticamente desierto. El frío invernal calaba hasta los huesos. El paraguas de la muchacha casi no podía resistir las fuertes embestidas del viento y las gélidas gotas de lluvia le golpeaban la cara como puntiagudos alfileres.

–Unos metros más y en casa… –exclamó.

Abrió el portal con las manos congeladas y cerró de golpe dejando la creciente tempestad fuera. Plegó el paraguas y se sacudió el pelo.

Estaba helada. Subió las escaleras y pulsó el botón de llamada del ascensor. Esperó. Un trueno sonó a lo lejos pero su sonido no fue lo que la sobresaltó. Era otra cosa. Algo estaba golpeando el cristal del portal. La luz se apagó en ese momento. Sí, allí había alguien. A pesar de la oscuridad, vio claramente la silueta de una persona. Parecía tocar el cristal con los nudillos, llamando.

–Un momento –dijo levantando la voz pensando que era un vecino.

Bajó rápidamente y encendió la luz. Un grito ahogado emanó de su garganta. Los vio. Estaban allí mismo. Tres personas al otro lado de la puerta. Y la miraban. Directamente a los ojos. Retrocedió asustada. Aquellas personas no estaban bien, lo supo de inmediato. Parte de la piel de sus rostros se había desprendido y sus ojos estaban inyectados en sangre.

Estaban empapados y sus manos presentaban unas horribles uñas negras, como podridas. Querían entrar, la querían a ella. Corrió hacia el ascensor en el mismo momento en que aquellos seres destrozaban la entrada del portal e irrumpían velozmente. El elevador comenzó a subir lentamente y la chica empezó a llorar y a temblar de miedo. Había reconocido a esas personas. Eran algunos de sus vecinos, pero ¿qué les había pasado? Cuando llegó a su piso, salió con cautela y, sin encender la luz, fue directamente hacia su casa con la llave preparada. Necesitaba a sus padres, olvidar aquel mal rato. Tenían que llamar a la policía. Resbaló al pisar algo viscoso. Sus zapatos casi se pegaron al suelo. Olía realmente mal. La puerta de su casa estaba abierta. Oyó ruidos procedentes de las escaleras. Ellos estaban subiendo. Encendió la luz del hall y ahogó un chillido en su garganta. Todo estaba lleno de sangre. Su padre estaba tendido de espaldas en el salón. Se agachó junto a él y le dio la vuelta. Estaba totalmente destrozado. Sus entrañas habían sido esparcidas por toda la habitación. Un ruido a su espalda la alertó. Su madre estaba tras ella. Tenía el cuello doblado en un ángulo espantoso.

–Mamá… –dijo con apenas un hilo de voz.

Ellos empezaron a entrar en el piso como una jauría de bestias salvajes. La chica agarró a su madre y la empujó hacia su cuarto encerrándose allí con ella. Los oía por todas partes. Estaban por todo el edificio. Todos sus vecinos habían sucumbido a algo terrible, inexplicable. Sacó su teléfono móvil del bolsillo del pantalón y marcó el número de emergencias. Sintió un dolor terrible cuando su madre se lanzó sobre ella y la mordió en la mano casi arrancándole dos dedos.

—¡Mamá…! —exclamó—. Tú también…

En ese justo momento, la puerta de la habitación se vino abajo y las criaturas se movieron feroces hacia ella con sus bocas sedientas de sangre. La muchacha estaba acorralada en su propio hogar. Abrió la ventana mientras ellos la rodeaban.

—¡No! —gimió—. ¡Alejaos de mí! ¡Fuera!

Cuando saltó al vacío sabía que iba a morir. Era una caída de siete pisos. Pero prefería acabar así. No quería que ellos la cogieran. El impacto contra el asfalto fue tan brutal que la joven falleció en el acto. Varias sombras se cernieron sobre el cadáver y comenzaron a devorarlo.

Pronto, un numeroso grupo de seres inició su marcha hacia el centro de la ciudad. Les atraían los ruidos, las luces y, sobre todo, los olores. El dulce aroma de la carne y la sangre humana.

Capítulo 6

Cuando Sara abrió los ojos, se encontró en una habitación pequeña y poco iluminada. Todo parecía ser blanco y aséptico. Estaba claro que se hallaba en el hospital. Un rápido vistazo a las sábanas la acabó de sacar de dudas. Allí estaba el nombre "*12 de Octubre*" y el logo de la Seguridad Social. Recordó que se había sentido muy mal en la comisaría mientras aquel gordo desagradable la sometía a un demencial interrogatorio. ¡Por Dios! Ella no sabía nada. Ni siquiera comprendía qué estaba pasando. No quiso que las imágenes de la calle Montera regresaran a su cerebro. Era demasiado doloroso. Roberto, el hombre con el que ella quería compartir su vida, ahora estaba muerto. Su vida se había ido al infierno una estúpida tarde de domingo. Conforme sus sentidos fueron activándose y saliendo de aquel sopor provocado, sin duda, por algún calmante, escuchó llover en el exterior. Una verdadera noche de perros. La puerta del cuarto se abrió lentamente dejando entrar la potente luz del pasillo. Melania entró despacio. Probablemente creía que ella seguía dormida.

–Mel… –exclamó.

Las dos mujeres se abrazaron. Ambas se necesitaban mutuamente para soportar aquel terrible dolor que sentían.

–Sara, mi hermano ha muerto. Fue horrible. La policía tuvo que dispararle.

–¿Qué… qué dices…? –casi murmuró Sara sin entender–. Roberto murió por culpa de las heridas que le provocó esa mujer…

—¡No fue así! ¡Todavía estaba vivo! Me atacó en la sala de espera, mató a una enfermera, tuvieron que…

—¡No! ¡No! ¡Eso no es verdad! Yo hable con el médico, con un tal Leo. Me dijo que había fallecido. Tú aún no habías llegado. No entiendo nada…

—No han querido decirme nada. Es más, me han retenido aquí. No me han dejado marchar.

Sara casi saltó de la cama y salió al pasillo. Necesitaba saber qué estaba sucediendo. Quería una explicación y la quería ya. Un par de hombres uniformados, posiblemente militares, se interpusieron en su camino.

—No puede usted pasar —dijo secamente uno de ellos.

Sara lo intentó, a pesar de aquella

advertencia, pero aquellas dos moles no se movieron ni un centímetro.

–Quiero hablar con el doctor Leo… ¡Ahora!

–Vuelva a su habitación.

–¡No quiero! Ustedes no pueden obligarme.

Melania agarró a Sara por un brazo y trató de llevarla de vuelta, pero ella se soltó de un tirón.

–¡Déjame Mel! Estos hombres no tienen ningún derecho a retenernos aquí.

Se disponía a cargar de nuevo contra sus indeseados vigilantes cuando una mujer acompañada de más militares asomó por el corredor. Llevaba un traje rojo y su sola presencia imponía.

—Buenas noches, señoritas –dijo.

Sara y Melania retrocedieron un par de pasos mientras aquella mujer avanzaba hacia ellas decididamente, taladrándolas con la mirada.

—Será mejor que regresen a la habitación por su propio bien –dijo.

—¿Quién es usted? –preguntó Mel.

—Eso no importa. Sólo deben saber que nos estamos ocupando de todo. Mañana gustosamente responderemos a sus preguntas. Ahora descansen.

—¡No voy a esperar a mañana! –casi gritó desafiante Sara–. Quiero irme de aquí ahora mismo así que no se atreva a impedírmelo.

Con un rápido e incluso elegante gesto, Flavia sacó un revólver y apuntó con él a las dos chicas. Melania se quedó petrificada. No así Sara.

−¿Va a dispararme...?

−Es usted una estúpida.

Un ruido atronador retumbó en todo el hospital en ese justo momento. Un terrible sonido de vidrios rotos, gritos y después disparos. Flavia empujó a Sara y se giró hacia sus hombres. Sabía que algo muy grave se estaba desencadenando a escasos metros de donde se encontraban.

−Quédese aquí −le dijo a uno de los militares−. No quiero que estas dos nos den más molestias. Ya sabe lo que tiene que hacer.

Nadie sabía de dónde habían salido pero aquellas personas habían irrumpido en el hospital haciendo añicos la cristalera de entrada de la zona de urgencias. Los cristales les habían provocado terribles cortes, pero ellos no parecían sentir dolor. La sangre que manaba de sus heridas dejaba un pegajoso reguero escarlata. Dos policías trataron de hacerles frente disparando hasta vaciar sus cargadores, pero fue inútil. Aquellas criaturas seguían avanzando pavorosamente. Los agentes fueron despedazados en segundos y sus miembros mordisqueados y devorados en una vorágine de uñas negras y dentaduras feroces y casi podridas. Flavia reunió a sus hombres y les ordenó disparar a la cabeza, pero ya eran demasiados. Decenas de ellos llegaban de todas partes. Estaban siendo rodeados sin que pudieran hacer nada. Alguien tiró de la mujer alejándola del grupo.

—¡Marcos! —exclamó ella.

—Tenemos un helicóptero en el tejado, nos están esperando para despegar. Esto es un maldito infierno.

—No imaginaba que pudiera propagarse tan rápido. Tenemos que acabar con esto. No debe quedar ninguno.

—No te preocupes, querida, la caballería está al llegar –dijo Marcos. – ¡A la azotea!

Corrieron hacia los ascensores sin mirar atrás. Los malditos monstruos estaban demasiado cerca como para esperar a nada ni a nadie. Ya en la seguridad del helicóptero, Marcos miró a Flavia sin poder evitar un leve gesto de reproche.

—No has dudado ni por un momento en dejar a tus hombres atrás…

—Son daños colaterales. Ellos tenían el deber

de frenar a esas cosas. Era la única manera. Y lo sabes.

–Eres una hija de puta…

La doctora Sánchez se asomó al pasillo y lo encontró despejado a pesar del terrible jaleo que llegaba de la sala de espera.

–Los militares se han ido, Leo –dijo.

–Tenemos que largarnos de aquí, Alicia. No sé qué coño está sucediendo, pero hay que irse ya.

Se apresuraron hacia la salida de emergencia sabiendo que al otro lado sólo podía aguardarles el horror más absoluto. Ya apenas se escuchaban tiros y los agónicos chillidos se habían ido extinguiendo. Leo sujetaba la mano de la mujer que no dejaba de temblar.

—Tranquila, Ali, bajaremos por la escalera de incendios y estaremos fuera.

—¿Qué… qué está pasando…? Tengo mucho miedo.

Unos pasos les alertaron. Alguien se acercaba a toda prisa. Las vieron llegar. Dos chicas jóvenes. El médico reconoció a Sara inmediatamente. La mujer casi se lanzó a sus fuertes y varoniles brazos.

—¡Ya vienen! —exclamó—. ¡Nos siguen!

Leo y la doctora Sánchez contemplaron atónitos cómo un numeroso grupo de personas avanzaba en tropel hacia ellos. Sus sucias bocas emitían un lastimero gemido. La psiquiatra sólo vio odio en sus miradas. Ojos inyectados en sangre que la miraban ansiosos. Supo, en ese mismo instante, que aquella jauría inhumana iba a matarlos. Estaban atrapados allí. Eran demasiados y se acercaban.

—¡Mierda! —exclamó Leo—. Esta maldita puerta está atrancada…

Intentaba abrir la salida de emergencia, pero ésta no cedía. Empujó con todas sus fuerzas, pero parecía estar cerrada. Sara y Melania se lanzaron a ayudarle mientras Alicia parecía estar paralizada por el pánico.

—¡Empujad! —chilló Sara.

Lograron mover la pesada puerta apenas unos centímetros. Varios cuerpos esperaban al otro lado totalmente destrozados. Habían actuado como un muro infranqueable. Melania pasó por la estrecha abertura pisándolos. Uno de sus zapatos se hundió en un amasijo blando y gelatinoso. No pudo reprimir un grito al ver que estaba aplastando un cráneo abierto. Sara la apartó suavemente para dejar paso a los doctores que aun permanecían dentro. Leo tendió la mano a Alicia que continuaba sin moverse con aquellos seres a punto de alcanzarla.

–¡Alicia! –le gritó–. ¡Vamos! ¡Reacciona por Dios!

La mujer parecía no escucharle. Simplemente le miraba con expresión ausente. Leo se dio cuenta de que estaba fuera de control. Muerta de miedo. La agarraron a la vez que él la asía por el brazo. Tiraron de ella a pesar de los intentos del hombre por liberarla. Se dio cuenta en segundos de que lo único que sujetaba era el miembro cercenado de la psiquiatra. Aún estaba viva cuando la mordieron en el cuello. Le miró por última vez justo antes de que la decapitaran y comenzaran a devorar su masa encefálica. Leo trastabilló y se precipitó al exterior donde el frío aire nocturno le golpeó en la cara. Había parado de llover. Se apoyó en la pared visiblemente mareado. Quería quedarse así horas y horas. Lo necesitaba. Pero sabía que había que moverse con rapidez. Aquellas criaturas no iban a dejarles en paz. Volverían a por ellos en cuanto hubieran devorado el cuerpo de su compañera.

–¿Dónde está la doctora? –le preguntó Sara.

–Está muerta.

–¡Oh mierda! –exclamó Melania–. Estamos jodidos…

–Tengo mi coche en el aparcamiento de personal. No tardaremos más de dos minutos –siguió el doctor.

Comenzaron a bajar las peligrosamente mojadas escaleras metálicas. Melania estuvo a punto de caer rodando en más de una ocasión debido a las prisas. Pero es que ya los tenían detrás. Les seguían torpemente. Algunos andaban, otros simplemente se arrastraban. Siempre hacia adelante, despacio, pero sin pausa. Sin descanso. Unos depredadores ávidos de sangre y carne humana. Corrieron hacia el coche con la certeza de que un mínimo descanso podía significar la más pavorosa muerte.

–Subid… –chilló Leo–. ¡Rápido!

El médico puso en marcha el motor mientras Sara se sentaba a su lado y Melania montaba en la parte trasera. Al encender las luces pudieron verlos acercándose al vehículo. Casi un centenar. Hombres y mujeres terriblemente desfigurados. Seres humanos que ya no lo eran. Cadáveres que ya no deberían moverse. Leo pisó el acelerador y salieron a toda velocidad ignorando el riesgo del asfalto mojado. Ya en la carretera que se internaba en la ciudad se cruzaron con varios furgones militares y coches de policía. Todos se dirigían al hospital a las Urgencias del 12 de Octubre.

Capítulo 7

El helicóptero se posó suavemente en la gran explanada. La base militar se extendía a lo largo de varios kilómetros en un punto indeterminado de la Comunidad de Madrid. A pie de pista esperaban tres hombres elegantemente trajeados. Su gesto adusto reflejaba la gran preocupación que sentían. Flavia se acercó a ellos acompañada de Marcos Montes.

—Señor presidente, señores ministros —les saludó.

—La situación se les ha ido de las manos en el 12 de Octubre —fue la única respuesta.

—Los militares y la policía ya están tomando medidas en este momento —replicó ella.

–Señora Etxegaray, si no es usted capaz de encargarse de este asunto, lo mejor será que se retire ahora.

–Con todo el respeto que usted me merece, señor presidente, creo que soy la persona ideal para hacerse cargo de esta crisis. Concédame un voto de confianza…

–Lo tiene. Pero no quiero ningún fallo más. Mañana a primera hora tendremos aquí a los expertos internacionales. Usted y el señor Montes les informarán adecuadamente y cooperarán con ellos. Por mi parte, me reuniré con nuestros socios de la Unión para hacer un frente común. Se han registrado casos hace ya días en varios países y ciudades importantes. Hoy mismo tanto en Londres como en París. Incluso en El Vaticano.

–¿Ya sabemos quién está detrás de todo esto? –intervino Marcos.

—Sólo sabemos que estamos ante un ataque terrorista con armas bacteriológicas sobre el territorio europeo. Nuestros científicos siguen investigando, pero aún no tenemos nada definitivo sobre a qué nos enfrentamos. No hay más información que la que contenía el dossier que la señora Etxegaray y usted ya han leído.

—¿Ha habido incidentes en otras provincias? —preguntó Flavia.

—No. Sólo aquí en Madrid. Vuelvo a conminarles para que guarden el máximo secreto. Nada de esto debe llegar a la prensa. No queremos que cunda el pánico entre la población.

—No se preocupe. Haremos todo lo "necesario" para que nada trascienda —aseguró Flavia.

El presidente y los miembros del gobierno que le acompañaban se alejaron en silencio mientras la lluvia volvía a caer en aquella interminable y fría noche.

–Me imagino que te encargaste de los médicos ésos del hospital, ¿no?

–No tuvimos tiempo –respondió Marcos.

–Me parece estupendo.

–No te preocupes, seguro que esos monstruos lo han hecho por nosotros.

–También estaban las dos mujeres –dijo ella–. No creo que se hayan salvado. Había muchos infectados…

–En sólo unas horas, demasiados, ¿no crees?... Esto, sea lo que sea, se extiende como una maldita plaga.

Sonó el móvil de Flavia y ella contestó con evidente desgana y cansancio. Se sentía agotada. Mantuvo una breve conversación mientras miraba fijamente a Montes. Cuando colgó, una amplia sonrisa recorría su bello y gélido rostro.

—La situación está controlada en el hospital. Los militares se han empleado a fondo. Todos los objetivos han sido eliminados. Limpiamente y sin errores.

—¿Y cómo sabemos que ninguno ha escapado? Eran más de un centenar.

—No lo sabemos, Marcos. Vigilarán la zona toda la noche. Creo que será mejor que durmamos un poco. Pronto amanecerá y mañana va a ser un día muy largo.

El hombre se acercó a la mujer y la besó suavemente en el cuello. Su perfume era sencillamente embriagador.

—¿Qué demonios piensas que estás haciendo?...

—Vamos, querida, ¿no te apetece un poco de compañía en tus dulces sueños?

—Siempre me ha gustado dormir sola. Buenas noches, Marcos. Te recomiendo que uses tu mano derecha o busques compañía femenina previo pago.

—Hace unos meses no decías eso —se revolvió él.

—Eso fue un lamentable error que, te aseguro, no voy a repetir —sentenció ella.

Capítulo 8

El día amaneció nublado, pero al menos no llovía. La comisaría era un hervidero aquella mañana. Los teléfonos echaban humo. Las llamadas de emergencia se habían multiplicado por diez. Era lógico pensar que, tras la aparente normalidad de un lunes cualquiera, algo bastante irregular estaba sucediendo. Así lo pensaba la agente Macarena Gil.

–Esto no es normal, comisario, tenemos un montón de ataques con violencia y sin ningún tipo de sentido. No son robos sino agresiones. Se han incrementado los asesinatos exponencialmente durante las últimas horas.

El comisario García la miró con gesto de extrañeza. Habitualmente el gordo seboso ya era un hombre bastante desagradable. Pero realmente había comenzado la semana con un humor de perros aún peor de lo normal en él.

–¿Y...? –se limitó a decir.

–¿No le parece que deberíamos investigar esto? Algo debe de estar pasando cuando algunas personas parecen haberse vuelto locas de repente, ¿no?

–¿Y qué sugiere usted? Un ataque de extraterrestres, quizá –replicó él con sorna.

–Le repito que...

–Detective Gil, le recuerdo que aquí las órdenes las doy yo. Y, de momento, no veo nada anormal. Madrid es muy grande y hay días mejores y peores. Y ahora salga de mi despacho y dedíquese a hacer algo provechoso, en vez de buscar terribles catástrofes donde no las hay. ¿Está claro?

–Por supuesto –respondió ella.

Mas cuando Macarena Gil volvió a su mesa seguía sin estar convencida. Algo le decía que una ominosa amenaza se cernía sobre la capital. Lo notaba, podía sentirlo. Y su olfato nunca le había fallado. Unas palabras de su compañero la sacaron de su ensimismamiento.

–Maca… ¿Me estás oyendo?

–Perdona, Andrés, ¿qué pasa?

–Una anciana ha llamado aterrorizada. Dice que sus vecinos quieren matarla. Se escuchaban muchos golpes. Esta vez nos toca a nosotros. Todo el mundo está en la calle. Ésta es una mañana de locos.

—He intentado hablar con el comisario –dijo Macarena.

—Ese puto gordo no movería el culo, aunque el maldito mundo se cayese a pedazos.

—¡Vamos!

Mientras Andrés conducía a toda velocidad y con la sirena puesta, la mujer contemplaba la ciudad. Todo parecía estar en orden más allá de los habituales atascos. Las personas caminaban hacia sus trabajos y algunas tiendas se preparaban para la apertura. La Gran Vía ya era una calle llena de vida a aquellas primeras horas. La mujer cerró los ojos y deseó tener una buena taza de café caliente entre sus manos.

—¿Adónde vamos?

—Es en la zona de Prosperidad, pasaje San

Pedro número tres. Llegaremos en unos cinco minutos. Te noto tensa.

—Siento que algo terrible está a punto de ocurrir, Andrés. No me preguntes por qué, pero algo no va bien. Todas estas emergencias y violencia parecen seguir un patrón.

—No te obsesiones, Maca, solo es un lunes complicado. Nada más.

—No me vengas con tonterías tú también. Ya he tenido bastante con García.

Cuando llegaron a su destino se encontraron con una pequeña callejuela sin salida que parecía desierta. A pesar de no estar tan lejos del centro, el pasaje San Pedro parecía estar olvidado. No se veía un alma. Pero cuando bajaron del coche escucharon los gritos de la anciana que estaba asomada a una ventana.

Nada más verlos redobló sus esfuerzos pidiendo ayuda.

–Tranquilícese –alzó la voz Macarena mirando hacia arriba–, ya estamos aquí.

–¡Quieren entrar en mi casa! –chilló la anciana.

Entraron al portal que estaba abierto y con los cristales de la puerta hechos pedazos. Dentro había sangre y lo que parecían ser restos humanos. Los policías reconocieron un par de dedos y parte de una pierna amoratada y negruzca. Andrés tuvo que hacer un gran esfuerzo para no vomitar. El olor era horrible y las escaleras parecían una representación del averno. Dos mujeres se hallaban tendidas en posiciones extrañas. Sus cuerpos parecían haber sido devorados. Se sobresaltaron cuando de la destrozada caja torácica de una de las desdichadas salieron corriendo un par de ratas sucias y repugnantes.

—¿Qué cojones ha pasado aquí…? —exclamó Macarena.

Desenfundaron sus pistolas y subieron con cautela las escaleras hasta llegar al tercer piso donde la vieja les esperaba con la puerta entreabierta y con la cadena de seguridad puesta.

—Abra señora —trató de tranquilizarla Andrés—, no se preocupe.

Sin fiarse demasiado, la ajada mujer intentó explicarse. Sus palabras salieron atropelladamente debido a su evidente nerviosismo:

—¡Querían entrar aquí! ¡Casi me tiran la puerta abajo!

—Ya está usted a salvo, señora –trató de calmarla Macarena sin demasiado éxito.

—He… he escuchado gritos… ha sido horroroso…

—Venga con nosotros, por favor, vamos a llevarla a un sitio seguro.

—¡No! No quiero salir de mi casa. Ellos están ahí fuera…

—¿Quiénes son ellos…?

—Mis vecinos –bajó la voz la anciana– se han vuelto locos. Han cambiado.

Andrés escuchó un ruido en las escaleras. Alguien parecía estar subiendo.

—Alguien viene, Maca.

Los ventanucos del edificio apenas iluminaban el rellano del tercer piso. El policía estaba empezando a ponerse muy nervioso y el maldito vejestorio seguía negándose a abrir la condenada puerta. Pronto atisbaron a una persona que casi arrastraba sus pies mientras recorría los últimos peldaños que la separaban de los detectives. Tenía la ropa ensangrentada y su rostro tenía la piel carcomida. Le faltaba un ojo y, en su lugar, mostraba un repulsivo boquete tumefacto. Andrés la apuntó con el revólver.

–No se mueva de ahí –gritó–, no dé un paso más.

El espectro siguió avanzando pesadamente ajeno a las advertencias. La vieja gimió de terror mientras Macarena se preparaba para lo peor. Estaba claro que aquel hombre no tenía buenas intenciones.

–Le repito que se quede dónde está –siguió Andrés–. No me obligue a disparar…

Aquel ser emitió un amenazador gruñido soltando a la vez un espeso hilo de baba verdusca de aspecto repugnante. Saltó hacia ellos con la boca exageradamente abierta. Su lengua estaba negra y cuarteada. Andrés le descerrajó dos disparos a bocajarro que le impactaron en el torso. Cayó rodando, pero se levantó casi inmediatamente dirigiéndose de nuevo hacia ellos. El policía volvió a dispararle, esta vez a la altura del cuello. No sirvió de nada. El maldito engendro volvió a incorporarse extendiendo sus trémulos brazos al frente.

–¡No puede ser! ¡Le he metido cuatro balazos!

Macarena se volvió hacia la anciana que seguía con la puerta entreabierta y la cadena echada.

—Abra inmediatamente, señora, necesitamos entrar… ¡Ahora!

—No, no, no…

Andrés se lanzó sobre la puerta del desvencijado piso rompiendo la frágil seguridad y tirando a la vieja al suelo. Macarena cerró de un golpe dejando fuera al macabro e indestructible ser que a punto estuvo de agarrarla.

—Llama a la central, Andrés, pide refuerzos.

—Pero… ¿Qué es eso de ahí fuera, Maca? Ningún puto ser humano se levanta tras recibir cuatro tiros.

Macarena ayudó a la asustada mujer a levantarse y la llevó a un sillón de una pequeña salita. La pobre anciana se había golpeado y lloraba amargamente de dolor.

—Creo que esta señora se ha roto algo…

Los fuertes golpes en la puerta de entrada al viejo piso les sobresaltaron. La vieja madera no aguantaría mucho. Macarena recorrió la sala con la mirada y arrastró un sofá hasta la puerta aun sabiendo que aquello no serviría de mucho. Se asomó a la ventana. Un tercer piso y una tubería bastante ancha que bajaba hasta la calle donde esperaba el coche policial. Ella y su compañero podrían hacerlo, pero no así la anciana. Andrés se asomó junto a ella.

—He llamado. García me ha asegurado que estarán aquí en cinco minutos.

—No tenemos esos cinco malditos minutos –respondió ella–. Voy a bajar y atacaré a esa… cosa por la espalda. Le vaciaré el cargador…

—Yo le metí cuatro tiros y no funcionó.

—¿Se te ocurre otra cosa, Andrés?

Un crujido a sus espaldas les alertó. La puerta estaba a punto de ceder. La vieja lloraba y parecía rezar en silencio mientras sujetaba un pequeño crucifijo dorado entre sus dedos.

—Entonces bajo yo —dijo él.

—¡No! Tú quédate con ella.

Sacó su ágil cuerpo por la ventana y se encaramó hábilmente a la tubería deslizándose por ella al estilo de un bombero. En segundos estaba en el suelo. Un coche que llegaba a toda velocidad llamó su atención. Era el vehículo del comisario García. Era sumamente extraño que él mismo se hubiera desplazado hasta allí. Frenó en seco junto a ella casi arrollándola. Le acompañaban dos hombres y una mujer. Mas los tipos no eran policías sino militares armados con pesadas armas de fuego. La mujer parecía una pija vestida con un traje chaqueta verde.

—¡Rápido! —ordenó la pija—. Limpien la zona…

Los hombres irrumpieron en el portal a sangre y fuego disparando. El gordo García se quedó atrás en un evidente segundo plano. Macarena oyó como tiraban la puerta abajo y luego más disparos. Otro vehículo, esta vez un furgón militar, apareció en escena.

—Comisario… —dijo Maca—. ¿Qué está pasando aquí? Andrés y una señora están arriba. Pueden resultar heridos.

El seboso no dijo nada. Parecía que ni siquiera la había escuchado.

—¡García! Le exijo que me diga…

Sus palabras quedaron en el aire cuando dos

cuerpos cayeron desde la ventana al suelo casi encima de ella. Los cadáveres de su compañero y de la anciana. Ambos con heridas de bala en la cabeza. Ambos con los ojos abiertos y expresión de sorpresa. Antes incluso de que pudiera reaccionar, la mujer vestida de verde la encañonó con un revolver. Todo se aceleró a partir de ese momento. Un pequeño grupo de criaturas salió en tropel del número nueve de la pequeña calle. Los militares se pusieron en posición de disparo mientras la mujer y el comisario corrían hacia la incierta seguridad del furgón. Por un instante, todos parecieron olvidarse de la agente de policía Macarena Gil. Y, desde luego, ella aprovechó esos preciosos segundos para dar media vuelta y salir corriendo como alma que lleva el diablo…

Capítulo 9

Leo estaba haciendo café en la pequeña pero coqueta cocina cuando Sara se levantó. Había sido una noche horrible llena de pesadillas en las que Roberto volvía de la muerte para llevársela con él. El joven médico sólo llevaba puesto el pantalón del pijama dejando al descubierto un musculado torso. Era un hombre sumamente atractivo.

–Buenos días.

–Buenos días. ¿Café?

–Sí, por favor. Te agradezco mucho que nos dejaras pasar la noche aquí a Melania y a mí.

–Lo mejor es que sigamos juntos hasta que sepamos algo más de lo que está sucediendo.

¿No crees?

—Sí –respondió Sara.

—He pensado mucho esta noche sobre todo lo que ocurrió ayer en el hospital. Tengo muy claro que los militares nos han dado por muertos. Nos abandonaron allí a nuestra suerte. Creo que tanto tu novio como las otras personas estaban infectados por alguna especie de virus o bacteria. Algo desconocido hasta ahora. No conozco ningún agente patógeno capaz de revivir a alguien ya fallecido y además transformarle en un ser extremadamente violento. Es algo que va en contra de las mismas reglas de la naturaleza.

—Pero –dijo Sara– ¿y si ellos realmente no estaban muertos? Me refiero a que quizás sus constantes vitales apenas existían.

—¡Te aseguro que Roberto estaba muerto

cuando le examiné! –casi se defendió Leo–. Te ruego que no pongas en duda mi profesionalidad.

Leo se giró dándole la espalda y apoyando sus manos en la encimera de la cocina. Sara casi susurró al decir:

–No he pretendido ofenderte en ningún momento, Leo.

El hombre se volvió para mirarla. Las lágrimas corrían por su rostro. Sara casi se perdió en sus profundos ojos azules. Se abrazaron. Eran dos desconocidos que se necesitaban desesperadamente. Dos personas que habían compartido una experiencia terrible. Él se separó despacio de ella visiblemente avergonzado. Trató de secarse los ojos con la palma de la mano.

–Perdóname –dijo–. Tú acabas de perder a tu

pareja y yo me pongo a llorar como un tonto. Pero… pero es que no puedo quitarme de la cabeza la imagen de Alicia en el pasillo. Y yo… no pude salvarla…

La abrazó de nuevo. Sara se sentía reconfortada en los fuertes brazos de aquel hombre que apenas conocía. Ella ya no tenía más lágrimas. Las había derramado todas. De alguna manera ahora se sentía más fuerte. Él acercó su rostro al suyo y la besó suavemente. Una ardiente caricia inesperada para Sara que se apartó bruscamente.

–Yo… –exclamó el médico.

–Será mejor que vaya a ver cómo está Mel –le cortó ella y salió precipitadamente de la cocina iluminada por unos tenues rayos de sol.

Macarena llegó casi sin aliento a la avenida América, una de las principales arterias de la ciudad. No sabía dónde dirigirse ni en quién podía confiar. Su superior acababa de asesinar a su compañero acompañado de un comando de militares. ¿Qué podía hacer ella ahora? Seguramente sería una locura volver a la comisaría. La estarían buscando para acabar con ella. Estaba claro que no les iba a temblar la mano. Si el ejército estaba metido en el tema es que el asunto era grave. ¿Y qué les había sucedido a los vecinos de San Pedro? ¿Cómo se habían transformado en esos seres? ¿Habría más casos en la ciudad? La buscarían en su casa así que tenía que actuar con rapidez. Su compañero de piso podía estar en peligro si García se dejaba caer por allí. Tenía que avisarle. Y también tratar de averiguar algo sobre lo que estaba aconteciendo. Observó las concurridas calles de aquel frío, pero soleado día de invierno y notó cómo un súbito escalofrío recorría su cuerpo. Una ominosa amenaza se cernía sobre Madrid. Algo que podía hacer que el infierno se desatase en la capital…

Melania estaba sentada en el elegante sofá de cuero negro de la salita del piso de Leo. Cambiaba una y otra vez de canal de televisión en un evidente estado de nerviosismo. Sara se sentó a su lado y la cogió de la mano.

—¿Cómo estás, Mel?

—No dicen nada. Lo que ha pasado con mi hermano, lo que vivimos ayer en el puto hospital, ni una noticia sobre ello. ¡Nada! Esos cabrones lo han silenciado todo. Se han inventado que ayer hubo unos disturbios en el 12 de Octubre debido al enfrentamiento de la policía con un piquete de huelguistas de profesionales de la sanidad. ¿Te das cuenta? Han contado eso en todos los informativos, en la Primera, en Telecinco, en Antena 3…

—Es increíble. Si están manipulando de esa manera a los medios de comunicación es que se trata de algo realmente grave. Leo cree que puede tratarse de algo bacteriológico.

—Han explicado que, debido a algunos destrozos, el servicio de urgencias del hospital permanecería cerrado durante unos días. ¡Pero allí había mucha gente! Muchas personas que vieron lo que sucedió. Y la calle Montera siempre está transitadísima. ¡Dios mío! Hay más personas que saben lo que ocurrió ayer…

—Seguramente esas personas estén ya

muertas, Mel –afirmó en voz baja Sara–. Esa mujer iba a dispararnos ella misma. No querían dejar testigos. Hemos tenido mucha suerte. Pero no sé lo que vamos a hacer ahora…

Melania se levantó y apagó con rabia el gran televisor de plasma que dominaba la estancia.

–Yo me voy a Bilbao, Sara. Tengo que estar con mi familia. Necesito estar con mis padres. Ellos están destrozados.

–No es buena idea –replicó la joven–. No sabemos hasta qué punto la policía y los militares han indagado en nuestras vidas y en las de nuestros allegados.

–Pues con más razón debo ir. No lo voy a discutir contigo. Ahora mismo me voy al aeropuerto.

—Insisto en que…

—¡Para ti es fácil, Sara! ¡Al fin y al cabo tú no tienes a nadie!

Aquellas palabras se clavaron como cuchillos en la chica que prácticamente quedó derrumbada en el sofá.

—No pretendía decir eso –dijo Mel–. De verdad no quería. Lo siento. Será mejor que me vaya.

Sara no puedo evitar acordarse de su madre ya fallecida tras una cruel enfermedad. Nunca conoció a su padre. Roberto lo era todo en su vida a pesar de los frecuentes malos rollos y discusiones que tenían. No había nadie más. Algunos conocidos, ni siquiera amigos. Melania tenía razón, ella no tenía de quién preocuparse. Al fin y al cabo, siempre había estado sola.

Capítulo 10

Macarena entró con cautela en el portal del edificio donde vivía. Todo parecía estar tranquilo y en orden. Tenía que moverse con rapidez. Entrar al piso, recoger unas cuantas cosas básicas y alertar a la persona con la que compartía el inmueble. Si los militares se presentaban allí, probablemente no serían demasiado amables con Lucas. Salió del ascensor y sin hacer ningún tipo de ruido, pegó la oreja a la puerta del piso y escuchó unos segundos. Nada. Silencio. Si Lucas había estudiado hasta tarde, seguramente todavía estaría en la cama. Abrió despacio y encendió la luz. Avanzó hacia su habitación tratando de conservar la calma. Llenaría una maleta con ropa, calzado, el cargador del móvil y su ordenador portátil. Un leve sonido la paralizó de pronto. Venía del cuarto de su compañero de piso. Ahora era más audible. Sí, eran gemidos. Algo extraño estaba sucediendo. Llevó la mano hasta la manilla de la puerta de la habitación y contuvo el aliento. Contó hasta tres y abrió de golpe:

–¡Jodeeeer!!! –se oyó un grito masculino.

–Pero… ¿y ésta quién es, Lucas? –soltó otra voz.

Los dos hombres estaban completamente desnudos encima de la cama. Lucas estaba encima del otro en una posición que no dejaba lugar a dudas.

–¡Maca! –gritó–. ¡Sal de aquí y cierra la puta puerta!

–Perdón… –acertó a decir la chica–. Te espero en la cocina, no tardes…

—Pero…

—¡Esto es más importante que un puto polvo! ¿Me entiendes?

Cerró la puerta dando un portazo y se apoyó en la pared sin poder contener la risa. Ya se había imaginado cosas horribles. Seres espectrales rondando por su casa. Y lo único que pasaba era que Lucas había vuelto a ligar la pasada noche en Chueca. ¿Acaso no le dijo que estudiaría hasta tarde? Seguramente, cuando ella salió a trabajar a las seis de la mañana, él todavía no había vuelto a casa. Era un chico bastante alocado. Un estudiante de arte que estaba disfrutando a tope de la noche madrileña mientras sus padres le pagaban todo. Ella era casi nueve años mayor que él y le habría gustado compartir la casa con alguien más cercano a su treintena. Pero Lucas pagaba religiosamente su parte, estudiaba casi todo el día y sólo algunas veces traía a ligues. Cosa que ella también había hecho. Por lo demás era un chaval estupendo y no quería que le pasara nada malo. No se lo perdonaría. El chico salió de la habitación con un albornoz blanco como única prenda. Su rostro era un poema. Estaba cabreado.

–Señora policía, debería usted saber que antes de entrar a un cuarto ajeno, hay que llamar a la puerta…

–Lo siento, Lucas, de verdad. Es que…

–Es que nada, tía. Me parece muy fuerte lo que has hecho. Y déjame decirte que…

–¡Cállate! –le gritó Macarena–. Tienes que escucharme. Puedes correr serio peligro. Esto es un asunto serio.

El hombre guardó silencio al ver la seriedad con la que la mujer le dijo esas palabras. Ella le relató lo sucedido hacía apenas unas horas en pasaje San Pedro. Una historia tan extraña e increíble como real.

–Creo que van detrás de mí y si vienen aquí… Lucas, tenemos que irnos. Ahora.

–Pero deberías contar esto a alguien, no sé. Es algo muy fuerte…

–¿Y adónde voy? –respondió ella–. El jefe de la policía en Madrid está metido hasta el cuello en el asunto, el ejército parece que también. ¿A quién puedo acudir?

–¿Y qué piensas hacer?

–Voy a esconderme mientras trato de averiguar qué está pasando. Tú vete a casa de algún amigo y no te dejes ver hasta que yo te diga algo…

Le besó en la mejilla y le acarició el pelo. Lucas pudo comprobar que las manos de la chica temblaban. Su nerviosismo era palpable.

—Quiero ayudarte, Maca…

—No puedes hacer nada. Sólo ten cuidado. Yo estaré bien. Voy a coger algunas cosas y me voy. Haz lo mismo. Tenemos que salir de aquí cuanto antes.

Lucas regresó a su habitación y comenzó a vestirse rápidamente mientras el otro hombre le observaba desde la cama:

—¡Eh! ¿Qué estás haciendo, tío? Todavía no hemos acabado –le dijo.

—Creo que sí que hemos acabado, colega.

Será mejor que te pires…

Capítulo 11

Víctor apenas salía de casa. No le hacía falta. Todo lo que quería lo tenía en sus amados ordenadores. Se pasaba el día navegando, chateando y realizando otro tipo de actividades no tan legales en la red. Era todo un experto en todo lo relacionado con la informática y la telefonía. Y además era un autodidacta. Nunca había estudiado. Nada de bachillerato, ni siquiera formación profesional. Simplemente había pasado un millón de horas frente al PC. El ciberespacio se lo había enseñado todo. Su trabajo de programación en importantes juegos le daba lo suficiente para vivir y las tiendas y supermercados online le abastecían de todo lo que necesitaba. Odiaba a la gente. Todas esas personas que atestaban el metro y abarrotaban los centros comerciales. Le habían diagnosticado un trastorno obsesivo compulsivo en su adolescencia complicado con una agorafobia. No quería salir. Hacía siglos que no tomaba la medicación y más aún que no mantenía relaciones sexuales. Siempre que no se contaran las que disfrutaba consigo mismo. Y eso que era un chico atractivo a pesar de su evidente sobrepeso, su barba mal arreglada y su melena de pelo graso. Tenía poquísimos amigos que rara vez le visitaban en su oscuro y poco ventilado piso.

–¡No! ¡De ninguna manera!

–Por favor, Víctor, te aseguro que estoy jodido.

–Aquí no te puedes quedar, Lucas. No hay sitio.

—Sólo serán un par de días. Luego me largo.

—Nadie se ha quedado aquí jamás. Este es mi espacio. No quiero que toques mis cosas. ¡No quiero que te quedes!

—Está bien, está bien. Pero tengo una historia estupenda que seguro que te encanta…

—No vas a quedarte, Lucas.

—Varios cadáveres y mucha… mucha sangre…

—¿Sangre? —preguntó Víctor con cara de sorpresa.

—Sí. Un asunto muy desagradable con varios muertos y algunos que deberían estarlo —respondió Lucas con satisfacción al ver que había captado la atención del friki.

–Cuéntamelo, quiero saberlo todo…

–Entonces… ¿puedo quedarme?...

–Ya veremos.

Lucas se sentó en un birrioso taburete junto a Víctor. Las pantallas de los tres ordenadores iluminaban la habitación. Miró a su colega.

–Estoy esperando –le dijo este.

La Terminal cuatro del Aeropuerto de Barajas presentaba un aspecto bastante calmado. Pocas personas en los mostradores de facturación y de información. Hombres de negocios encorbatados de aquí para allá y algunos turistas despistados buscando la salida. Un lunes tranquilo y sin grandes problemas. Melania había tenido que comprar el billete allí mismo viéndose obligada a abonar una buena cantidad por salir apenas en una hora. Había tenido que pagar con tarjeta y, por supuesto, se había tenido que identificar. Algo bastante peligroso si se tenía en cuenta que la policía la podía estar buscando. Aunque lo verdaderamente arriesgado sería pasar por el arco de seguridad. Allí mismo podrían detenerla y su viaje habría acabado. Observó a los guardias de seguridad y guardias civiles controlando la entrada a la zona de embarque. Avanzó despacio y cruzó los dedos.

Tecleaba febrilmente y descartaba tan rápido las páginas web que a Lucas no le daba tiempo a enterarse de nada. Textos, vídeos e imágenes se sucedían sin cesar ante los veloces ojos de Víctor. Él mismo parecía ser parte del ordenador. Una especie de apéndice humano conectado mediante algún tipo de mecanismo misterioso.

–Aquí hay algo… –dijo por fin.

–Déjame verlo al menos.

Se trataba de una página web de noticias locales de algún lugar perdido del Reino Unido. Un municipio llamado Wellow. Unos lugareños habían sido atacados y casi devorados por sus vecinos, unos respetables campesinos hasta entonces que, de la noche a la mañana, se habían convertido en monstruos sedientos de sangre. La policía local sólo había conseguido reducirles cuando los disparó a la cabeza.

—Se parece mucho a lo que le ha pasado a tu amiga la poli…

—Busquemos más. Este asunto parece algo muy grande…

Melania suspiró cuando se sentó en su plaza junto a la ventanilla. Junto a ella dos mujeres bastante obesas y que cotorreaban entre ellas. De momento todo iba bien. En una hora estaría en Bilbao junto a sus padres. Sería duro, pero ya tenían planeado irse inmediatamente a la pequeña casita que tenían en Leza, un pequeño pueblo alavés. Había intentado comer un sándwich, pero le había resultado casi imposible. Tenía el estómago revuelto. El avión cogió velocidad y despegó instantes después. La chica vio cómo Madrid se alejaba. Y Sara. Y su hermano. Cerró los ojos tratando de dormir, aunque fuera un poco. Estaba tan cansada. Agotada en todos los sentidos. Unos minutos después, las azafatas empezaron a recorrer el pasillo con sus carritos llenos de bebidas y chocolatinas. Las dos gordas pidieron refrescos y paquetitos de patatas fritas haciendo todo el ruido del mundo. Mel empezaba a tener mucho calor y una asfixiante sensación de agobio. Estaba a punto de padecer un ataque de pánico. Necesitaba ir al baño y refrescarse un poco. Se levantó y a duras penas logró pasar por delante de las dos señoras y encaminarse hacia los servicios. Cerró la puerta y se sentó en la taza mientras se mojaba la cara. Sentía unas inmensas ganas de vomitar. El sudor le empapaba la ropa y la vista empezaba a nublársele. Una baba espesa fluyó de sus labios de pronto morados. Devolvió entre convulsiones mientras sus pantalones también se empapaban. Un pitido en sus oídos acompañado de un intenso dolor en el pecho le hizo caer al suelo. Se retorció mientras escupía y sangraba abundantemente por la boca y la nariz. Se quedó tirada boca arriba sobre sus propios excrementos. Unos segundos después, Melania estaba muerta.

Cuando abrió los ojos de nuevo ya no era ella. Era otra cosa. Era uno de ellos.

DAVID MÉNDEZ PRIETO
madriZ 2

LA INVASIÓN

DAVID MÉNDEZ PRIETO
madriZ 3

APOCALIPSIS FINAL

Lightning Source UK Ltd.
Milton Keynes UK
UKHW020617140220
358724UK00011B/699

9 780368 575884